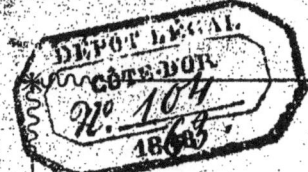

ASTRAGALES

MAÇONNIQUES

POÉSIES

Dédiées à l'Orphelinat Maçonnique.

PAR LE F∴ BALDUC (L∴)

Orat∴ tit∴ de la Resp∴ ⬚ ∴

LA LIGNE DROITE

A L'OR∴ DE PARIS.

Se vend au profit de l'Orphelinat. — Prix : 50 centimes.

PARIS

CHEZ L'AUTEUR	CHEZ LE F∴ CATTIAUX
Rue de l'Etoile, 16 (Ternes);	Rue de Paris, 109 (Belleville);

ET AU TEMPLE MAÇONNIQUE, RUE DE GRENELLE SAINT-HONORÉ, 35.

DIJON

ADOLPHE GRANGE, IMPRIMEUR, RUE BOSSUET, 15.

1863

ASTRAGALES

MAÇONNIQUES

POÉSIES

Dédiées à l'Orphelinat Maçonnique.

PAR LE F∴ BALDUC (L∴)

Orat∴ tit∴ de la Resp∴ [∴]

LA LIGNE DROITE

A L'OR∴ DE PARIS.

Se vend au profit de l'Orphelinat. — Prix : 50 centimes.

PARIS

CHEZ L'AUTEUR
Rue de l'Etoile, 16 (Ternes);

CHEZ LE F∴ CATTIAUX
Rue de Paris, 109 (Belleville);

ET AU TEMPLE MAÇONNIQUE, RUE DE GRENELLE SAINT-HONORÉ, 35.

DIJON

ADOLPHE GRANGE, IMPRIMEUR, RUE BOSSUET, 15.

1863

L'ORPHELINAT MAÇONNIQUE

Salut à toi, Maçonnerie !
Et vous, cœurs dévoués à la Fraternité ;
    Toi, sainte et chaste déité,
Salut ! Je viens à toi, divinité chérie,
    Plein d'une douce rêverie,
Demander des Maçons la sublime clarté !

*
* *

Jeune encor, je n'ai plus de mère :
On m'a dit qu'elle était en des mondes meilleurs,
    Où n'habitent point les douleurs,
Au sein d'une amitié moins fausse et moins amère,
    Qu'ici l'on traite de chimère.
Si c'est vrai, bonne mère ! ah ! je n'ai plus de pleurs.

*
* *

Mon vieux père, aux champs de Crimée,
Tomba mort, en héros, en gravissant l'Alma ;
    Brave et sage comme Numa,
Ses exploits, au livret de notre grande armée,
    Sont inscrits par la Renommée...
Mais pour moi l'avenir en ce jour se ferma.

*
* *

A peine sorti de l'enfance,
Je suis seul, sans appui , et, de plus, orphelin !
Malheureux ! quel est mon destin ?
Si petit ! et j'ai faim ! où donc est l'espérance ?
Mon Dieu ! soulagez ma souffrance !
Donnez à l'indigent, donnez un peu de pain !

* *

Il dit : sa voix fut entendue ;
Une main le touchant, tout bas lui disait — viens,
Enfant, — viens vivre avec les miens ;
Je serai l'espérance en ton cœur descendue ;
Ta famille n'est pas perdue.
Pose ton bras sur moi, — marche, je te soutiens.

* *

Oh ! si vous n'êtes pas ma mère !
Comme elle, vous semblez une divinité !
Êtes-vous la Maternité ?
Qui sème ses bienfaits en parcourant la terre ;
Seriez-vous une ombre éphémère ?
— On me nomme, ici-bas, *Sainte Fraternité !*

* *

Loin du bruit de la grande ville
S'élève, sous l'ombre des bois,
Un asile frais et tranquille
Où règnent la paix et les lois.
C'est là que la *Grande Famille,*
En s'inspirant de la Raison,
Sous la direction habile
D'un savant et sage Maçon,

Sèche les larmes de l'enfance ;
Lui montre du doigt l'avenir,
Douce étoile de l'espérance,
Que rien d'impur ne peut ternir.

* *

Puis on dit aux enfants de la *Grande Lumière*.
Les devoirs envers Dieu, le travail et l'amour,
Le respect du prochain, qui font de la misère
Supporter et braver les peines tour à tour.
Instruits par ces leçons de sublime sagesse
Qui grandissent l'esprit, l'âme de la jeunesse,
On leur apprend encore la solidarité...
Béranger (saluons cette noble figure),
Nous a dit : Bénissez le Dieu de la nature ;
Aimez-vous, sauvez-vous par la Fraternité.

* *

C'est ici, dit la messagère
A son timide voyageur ;
Entrons, franchissons la barrière
Qui cache l'asile enchanteur
Où votre nouvelle famille
S'ébat au milieu des plaisirs,
Élan de la gaîté mobile
Que lui procurent ses loisirs.

* *

Elle dit, et bientôt, à sa voix reconnue,
Un essaim s'élançant, arrive tout joyeux.
Les cris sont arrêtés, la gaîté suspendue,
L'ordre se rétablit, tout cesse, plus de jeux.

C'est un frère égaré que l'heureux sort nous donne ;
Partageons avec lui notre pain, notre amour :
Qu'à de nouveaux plaisirs notre cœur s'abandonne :
Que la Fraternité règne dans ce séjour.

*
* *

Abrités contre la tourmente,
Grandissez, enfants, en ce lieu,
Que la nature intelligente
Plaça sous le souffle de Dieu;
Plus tard, vous quitterez l'étude,
Puis vous apprendrez un état ;
Mais chassez toute inquiétude,
Toujours, sur vous, l'*Orphelinat*,
De la prudence maçonnique
Etend le niveau protecteur,
Et, par sa puissance magique,
Eloigne de vous tout malheur.

*
* *

A vingt ans, le flambeau de la *Raison sublime*
Doit guider vos esprits à travers les sentiers,
Vous montrer les dangers, vous sauver de l'abîme
Où s'en vont trop souvent vos rêves tout entiers;
Où tombe la vertu, trébuche la sagesse.
C'est à vous qu'appartient le champ de l'avenir,
Vaste champ mesuré par l'humaine faiblesse,
D'où toujours elle emporte un noble souvenir.

*
* *

A vingt ans on est homme, et la Maçonnerie
Qui berça votre enfance au doux son de sa voix,

Vient vous initier au secret de la vie,
Graver en votre cœur sa morale et ses lois;
Du dogme harmonieux vous dire les mystères,
Et vous constituer, sous la foi du serment,
Apprenti Francmaçon, reconnu par les Frères,
Aux *paroles*, aux *mots*, au *signe-attouchement*.

*
* *

Maintenant, vous entrez dans la route commune;
Vous savez vos devoirs et votre mission.
Evitez les écueils, secourez l'infortune,
Fuyez les préjugés, la superstition.
Riche dans un palais, pauvre dans la cabane,
Regardez en arrière et voyez le départ.
De vos pas, chancelants dans le monde profane,
Mesurez la distance, évitez le hasard;
Et, surtout, méditez la sagesse du Maître,
Qui vient dire à vos cœurs en son style parfait :
Assiste ton prochain sans le laisser paraître;
Fais le bien, comme à toi tu voudrais qu'il fût fait.

LES DIEUX S'EN VONT.

Autrefois à Moïse, un Maçon du vieux monde,
Sur le mont Sinaï Dieu promulga sa loi.
Aux peuples à venir sa parole profonde,
Du levant au couchant se fait entendre et gronde :
  Tout l'univers est en émoi.
— Et les dieux décrépits, roulant dans la poussière,
Nous disent assez haut ta volonté dernière ;
  Grand Architecte, gloire à toi !

Quand, lassé des erreurs et des crimes du monde,
Christ s'exclama mourant du haut du Golgotha,
Que la terre trembla dans sa base profonde,
Que l'Océan frémit jusqu'au fond de son onde ;
  L'enfer même s'épouvanta !
— Et les dieux décrépits, roulant dans la poussière,
Nous disent assez haut ta volonté dernière ;
  Grand Architecte, Alleluia !

L'ancien dogme a fait place au dogme de lumière,
Le sceptre du Veau d'Or s'est brisé sur Sion ;
Dagon n'a plus de temple, et sa statue altière
A perdu son prestige et sa parole fière :

Moloch fait place à la Raison ;
— Et les dieux décrépits, roulant dans la poussière,
Nous disent assez haut, ta volonté dernière ;
    Grand Architecte , seul Dieu bon !

Ton règne, ô Jéhovah, c'est le règne de gloire ;
C'est la Fraternité, gage de ton amour,
Inscrite en lettres d'or au temple de Mémoire...
Point d'esclaves traînés au char de la Victoire ;
    Vengeance a fui sans retour.
— Et les dieux décrépits, roulant dans la poussière,
Nous disent assez haut ta volonté dernière ;
    Grand Architecte, sois amour !

Le Mal a trop longtemps gouverné notre sphère,
Trop souvent la Justice a quitté son bandeau
Pour frapper l'innocent et semer la misère
Sur les siècles passés. — En lançant ta lumière,
    Tu vins rétablir le niveau.
— Et les dieux décrépits, roulant dans la poussière,
Nous disent assez haut ta volonté dernière ;
    Grand Architecte, tout est beau !

Le drapeau des Maçons est celui du Calvaire,
Teint du sang de la Croix, dans un jour de courroux.
Labarum immortel, symbole humanitaire,
Qui couvre tes enfants, voyageurs sur la terre ;
    Contre l'écueil protége-nous.
— Et les dieux décrépits, roulant dans la poussière,

Nous disent assez haut ta volonté dernière ;
  Grand Architecte; seul Dieu doux !

*
* *

Trace-nous le chemin de la pure Sagesse,
Douce Philosophie ! Et ta flamme, éclairant
Les champs de l'avenir, instruira la jeunesse,
Conduira juste au port notre sainte vieillesse,
  Phalange qui marche en avant.
— Et les dieux décrépits, roulant dans la poussière,
Nous disent assez haut ta volonté dernière ;
  Grand Architecte, Dieu puissant !

*
* *

Tu veux la Liberté pour les races nouvelles ;
Tu veux, pour tes enfants, un bonheur infini ;
Tu veux que le génie, aux rouges étincelles,
Couvre l'humanité de ses immenses aîles,
  Velum à ton soleil bruni.
— Et les dieux décrépits, roulant dans la poussière,
Nous disent assez haut ta volonté dernière ;
  Grand Architecte ! sois béni !

*
* *

Rome et son peuple-roi chassent du Capitole
Leurs dieux d'argent et d'or qu'ils vont livrer au feu.
De Jupiter-Tonnant, l'incomparable idole,
Mars, Bellone et Junon, du temple tout s'envole ;
  Pluton même quitte le lieu.
— Tous ces dieux décrépits, roulant dans la poussière,
Nous disent assez haut ta volonté dernière ;
  Grand Architecte, sois mon Dieu !

A LA FRATERNITÉ

AU BANQUET DE LA FÊTE D'ORDRE

de la Resp∴ [∴] la Ligne Droite.

Air connu.

O Toi, qu'implore ici notre prière !
Toi, dont l'aspect sait charmer tous les sens !
Des Francmaçons, déité tutélaire,
Du haut des cieux, Fraternité, descends !
    Descends, Fraternité, descends !

*
* *

Vois tous les fils de la *Grande Lumière,*
A ce banquet, unis par ton amour,
Fraterniser sous l'angle égalitaire,
Et te bénir en ce brillant séjour.

— O Toi, etc.

*
* *

Inspire-nous de la philosophie,
Car la sagesse appartient au Maçon.
En bannissant d'ici toute folie,
Dressons l'autel de l'antique Raison.

— O Toi, etc.

La *Ligne Droite* est jeune et courageuse,
Elle a tracé sa voie en l'avenir.
Son fier esquif, sur la mer orageuse,
Vogue hardi, sans crainte de périr.

— O Toi, etc.

*
* *

Jurons, amis, de fonder sur la terre
Le culte saint de la *Fraternité,*
De nous guider au but humanitaire,
Par le Progrès et par l'Égalité.

O Toi, qu'implore ici notre prière !
Toi, dont l'aspect sait charmer tous les sens !
Des Francmaçons, déité tutélaire,
Du haut des cieux, Fraternité, descends !
    Descends, Fraternité, descends !

LA FARANDOLE HUMAINE

EN L'AN 720.

I

C'était un soir d'automne, à la lueur fumeuse
De torches de goudron et de poix résineuse ;
C'était l'heure où chacun, en rentrant au logis,
Se hâte d'adresser, tout bas, une prière,
A genoux ou debout, chacun à sa manière,
    A la Madone de Paris.

Des bateleurs couverts d'oripeaux et de soie
S'empressaient d'exciter la frayeur ou la joie
Des ribauds, des truands, des manants, des vilains.
— Leurs tréteaux établis sur la sombre façade
Du charnier Saint-Méry — commençait la parade,
    Et le peuple claquait des mains.

Là foule se pressait à cette comédie,
Fustigeant en plein jour, par une parodie,
Le vice et les abus vantés cyniquement.
C'était une leçon aux puissants de la terre,
Qu'il était dangereux, sous une forme austère,
    De leur donner publiquement.

II

Passez, nos grands seigneurs, passez, noble couronne,
Sous la pourpre ou sous l'or, l'orgueil vous environne.
Sous la mître, passez, orthodoxe prélat.
Passez, sainte Tiare, et vous aussi, Saint-Père ;
De vos foudres, pour nous, apaisez la colère,
    Remplissez votre apostolat.

    Arrière le vil populaire,
    Courbez-vous, et criez : Noël !
    Baisez tous le saint scapulaire,
    Voici venir le roi Martel,
    Suivi de nobles, de princesses,
    Comtes et barons, puis altesses.
    Sus ! Courbez le dos à l'instant,
    Ou, par la lance de saint George,
    La hart vous serrera la gorge
    Pour vous apprendre le plain-chant.

Et la foule criait : Noël ! aux histrions,
Noël ! aux oripeaux, de peur des horions.

Puis les dames venaient : passez, nos belles reines !
A vous le haut pavé, duchesses, châtelaines,
Qui comptez dix quartiers sur votre vieux blason ;
Passez en chevauchant, jeunes, resplendissantes,
Sur vos fiers palefrois, aux artères puissantes,
    Broyant populaire et gazon.

Arrière le vil populaire,
Courbez-vous et criez : Noël !
Baisez tous le saint scapulaire,
Voici venir le roi Martel,
Suivi de nobles, de princesses,
Comtes et barons, puis altesses.
Sus ! Courbez le dos à l'instant,
Ou, par la lance de saint George,
La hart vous serrera la gorge
Pour vous apprendre le plain-chant.

La farce va son train : vous voyez apparaître
Gens de pied, de cheval ; le serf après le maître ;
Voire même varlets superbes, insolents,
Portant haut la livrée en singeant de l'altesse,
Vils marauds et plats gueux, noyés dans leur ivresse,
Crispins aux gestes indécents.

Arrière le vil populaire,
Courbez-vous et criez : Noël !
Baisez tous le saint scapulaire,
Voici venir le roi Martel,
Suivi de nobles, de princesses,
Comtes et barons, puis altesses.
Sus ! Courbez le dos à l'instant,
Ou, par la lance de saint George,
La hart vous serrera la gorge
Pour vous apprendre le plain-chant.

III

La scène restait vide après cette revue.
Enfin apparaissait, pétrifiant la vue,
Une figure horrible, aboyant, gambadant
D'une étrange façon. — D'effroi chacun s'incline.
C'est Satan qui revient ce soir de la colline,
    Faisant sabbat en s'en allant.

Un frisson circula dans la foule entassée.
Puis... elle reconnut alors la voix cassée
De la commune loi, — celle du Niveleur
De toutes les grandeurs, de toutes les misères,
Et pour qui ne sont point d'insondables mystères,
    Celle qui rit à la douleur.

Les applaudissements remplacèrent la crainte,
Et la folle gaîté succédait à la plainte :
Ecoliers et manants paraissaient tout joyeux;
Les voleurs détroussaient en chantant des cantiques,
Les ribauds respectaient les vitres des boutiques,
    Et les filles baissaient les yeux.

Lors la Mort répondit à cette bienveillance,
En râclant du rebec, préludant à la danse
Du cortége insolent qui vient de défiler.
L'archet grince à merveille, et dame Mort grimace
En appelant chacun à retenir sa place
    Où les danseurs doivent briller.

Tous venaient à l'appel vers le hideux squelette,
Magnétisés, vaincus, placés sur la sellette.
Oh! qu'ils étaient petits! Hélas! c'était piteux!
Mais l'archet fantastique, écorchant les trois cordes
Du rebec infernal, épouvante les hordes
     Des hauts et bas seigneurs goîtreux.

IV

Alors va commencer la danse égalitaire.
Silence. — Le premier est un grand dignitaire :
— Tu te trompes, dit-il à l'inflexible Mort,
Je suis puissant seigneur, j'ai trois cent vingt villages
Qui me viennent du ciel, et nombreux héritages
     Qui me sont échus par le sort.

Je suis puissant seigneur, j'ai douze mille lances,
Dix châteaux, des forêts et beaucoup d'espérances.
Je suis grand châtelain, de par Monseigneur roi,
Tu te trompes, camarde! Allons, je te pardonne!
Pour ton âme j'irai prier notre madone;
     Je me porterai fort pour toi.

    Danse ! dit la Mort implacable,
    Alors que son archet grinçait,
    Effrayant notre acteur coupable.
Puis le fier châtelain, défaillant, tournoyait,
Entraîné malgré lui dans cette affreuse ronde,
Farandole lugubre, à la chaîne profonde,

Où tout s'engouffre et disparaît ;
Quand l'archet de la Mort, en marquant la cadence,
Fait mouvoir l'infernale danse
Qui court rapide comme un trait.

Noël ! Noël ! criait la gent parisienne ;
Elle battait des mains, car le grand Niveleur
Passait sur le blason de son persécuteur.
Noël ! cette fête est la sienne.

V

Puis arrivent prélats, coiffés de hautes mîtres,
Princes-nés de l'Église et munis de leurs titres.
De la Mort souveraine ils venaient à leur tour
Implorer la merci, déposer croix et crosses,
Le dais d'or, les palais, les chevaux, les carrosses,
Objets si chers de leur amour !

Mais la Mort, ricanant du rire des squelettes,
Repoussait de son pied croix, crosses et barrettes.
Les prélats se tordaient, couchés à ses genoux ;
Ils vantaient leurs vertus, les soucis de la vie,
Psalmodiaient tout haut les chants de Jérémie,
Disant : Nous prions Dieu pour vous !

Dansez ! dit la Mort implacable,
Alors que son archet grinçait,
Effrayant chaque acteur coupable.
Le superbe prélat, défaillant, tournoyait,
Entraîné malgré lui dans cette affreuse ronde,
Farandole lugubre, à la chaîne profonde,

Où tout s'engouffre et disparaît ;
Quand l'archet de la Mort, en marquant la cadence,
Fait mouvoir l'infernale danse
Qui court rapide comme un trait.

VI

Les rois aussi passaient avec les belles reines,
Ils semblaient de la terre encor tenir les rênes,
Tant ils s'en allaient fiers, ces maîtres de l'État !
Cependant à la Mort ils venaient, criant : Grâce,
Supputant les hauts faits de leur antique race :
Mais ils étaient échec et mat !

Le squelette passa la règle égalitaire
Sur le front de ces grands ravageurs de la terre,
Les poussa dans la ronde infernale en riant.
Rois et reines, formant les anneaux mortuaires
De la chaîne qui va grossir les ossuaires,
Disparaissaient en grimaçant.

Dansez ! dit la Mort implacable,
Alors que son archet grinçait ;
Effrayant chaque acteur coupable.
Puis le superbe roi, défaillant, tournoyait,
Entraîné malgré lui dans cette affreuse ronde,
Farandole lugubre à la chaîne profonde,
Où tout s'engouffre et disparaît ;
Quand l'archet de la Mort, en marquant la cadence,
Fait mouvoir l'infernale danse
Qui court rapide comme un trait.

VII

On dit : A tout seigneur, tout honneur, très saint Pape :
Avancez, Homme-Dieu, que le diable vous happe.
— Silence, mécréants ; *non possumus,* dit-il ;
J'ai les clefs de saint Pierre et la triple couronne ;
Des dominations la garde m'environne :
    'Me prenez-vous pour un Gentil?'

Retro ! — Né touchez pas à la Miséricorde,
A la sainte Onction ; ou bien de par la corde,
Je vous le dis, je vais vous excommunier.
— A moi, mes séraphins, mes anges, mes archanges ;
Formez vos bataillons, inspectez vos phalanges :
    Il faut la lance manier.

    Danse ! dit la Mort implacable,
    Alors que son archet grinçait,
    Effrayant notre acteur coupable.
Le député de Dieu, défaillant, tournoyait,
Entraîné malgré lui dans cette affreuse ronde,
Farandole lugubre, à la chaîne profonde,
    Où tout s'engouffre et disparaît ;
Quand l'archet de la Mort, en marquant la cadence,
    Fait mouvoir l'infernale danse
    Qui court rapide comme un trait,

VIII

Notre dame la Mort, jugez de sa prudence,
Par le fol populaire a terminé la danse.

Ceux qui jouaient le rôle innocent de vilains,
De truands, de ribauds, dans cette comédie,
Chantaient, narguaient le sort, quittaient gaîment la vie ;
    Tout le monde claquait des mains !

C'est du pauvre, en effet, le plus beau privilége,
De ne pas redouter la Mort ni son cortége.
Tous ces déshérités d'un avenir certain,
Peu soucieux de vivre, abandonnaient la terre
En disant à la Mort : Nargue de la misère,
    Nous n'avons plus besoin de pain !

    Dansez ! dit la Mort implacable,
      Alors que son archet grinçait,
    Effrayant chaque acteur coupable.
Puis le déshérité, en chantant, tournoyait,
Entraîné malgré lui dans cette affreuse ronde,
Farandole lugubre, à la chaîne profonde,
    Où tout s'engouffre et disparaît ;
Quand l'archet de la Mort, en marquant la cadence,
    Fait mouvoir l'infernale danse,
    Qui court rapide comme un trait.

Noël ! Noël ! criait la gent parisienne !
Elle battait des mains, car le grand Niveleur
Passait sur le blason de son persécuteur.
    Noël ! cette fête est la sienne !

TABLE DES MATIÈRES

Dijon, impr. Adolphe Grange, rue Bossuet, 15.

LE MONDE MAÇONNIQUE

REVUE DE LA FRANCMAÇONNERIE FRANÇAISE ET ÉTRANGÈRE,

Sous la direction du F∴ Fr FAVRE

Paraissant une fois chaque mois par livraisons de 64 p. in-8°.

L'abonnement date du 1er mai.

FRANCE, 1 an, **12 fr.** — ÉTRANGER, **15 fr.**

BUREAUX, rue de Grenelle-Saint-Honoré, 37, maison Teissier, à Paris.

INITIATION A LA PHILOSOPHIE

DE LA FRANCMAÇONNERIE

Par le F∴ J. C. A. FISCH;

ouvrage paraissant en 24 livraisons grand in-8° jésus, contenant chacune 16 pages de texte et deux planches en chromolithographie.

PRIX DE LA LIVRAISON : 1 FR. 50 c.

On s'abonne chez l'auteur, rue du Cherche-Midi, n° 121,

PARIS.

Dijon, impr. A. Grange.